POUR JULIEN
PARFOIS LES BANQUIERS SONT AUSSI DES ANGES ...
YA VOS AILES QUI DÉPASSENT DU COSTUME ...
Bien amicalement
TRONCHET
2025

AIRE LIBRE

Humoriste,
triste engeance !

Préface de François Morel

Le commissaire Tronchet lance une nouvelle enquête.
Il a une pipe virtuelle dans la bouche, il a fait monter des sandwichs et des bières et il s'interroge. Il est en pleine ébullition.
La dernière fois, il avait réussi à résoudre l'énigme de ce chanteur aperçu chez Jacques Martin à la télévision, un dimanche après-midi et puis du jour au lendemain, perdu de vue, disparu, volatilisé.
Le commissaire avait fini par remettre la main dessus, quasiment à l'autre bout du monde, dans une île qu'il n'est pas exagéré de qualifier de lointaine, quelque part du côté de Madagascar.
Cette fois-ci, ce n'est pas un chanteur, c'est un humoriste.
Triste engeance. On comprendrait que l'humoriste veuille rejoindre le chanteur direction Pétaouchnock : sa vie est un enfer.
Il doit être drôle sur commande, notamment sur les plateaux de télévision et dans les réunions de famille. Cette fois-ci, l'enquête nous fera rester en France, vers la région du Nord et la Méditerranée. Le voyage sera moins long en distance mais aussi riche, palpitant, inattendu.
Cette fois encore, on sera ému par le regard de ce bon commissaire Tronchet dont, en plus de l'humour, on apprécie l'empathie et la tendresse qu'il porte à ses personnages (par exemple, quelle belle invention que cette charmante Lucille, éthologue spécialiste des volatiles et du premier degré).
Le commissaire Tronchet profite d'un premier rayon de soleil printanier pour rentrer chez lui à pied. L'air est doux, l'atmosphère paisible. Par ailleurs, on est jeudi, jour du pot-au-feu.
Sur le chemin, sans doute s'arrêtera-t-il boire une petite fine à la brasserie Dauphine, peut-être une deuxième à la Chope du Pont-Neuf. Vous l'avez bien méritée. Non seulement vos lecteurs sont fiers de vous, commissaire Tronchet, mais ils vous sont reconnaissants !

DIDIER TRONCHET

L'ANNÉE FANTÔME

“Vieillir, quelle étrange aventure pour un petit garçon”. **GEORGE OPPEN**

1

Je m'appelle Gilles...
Gilles Collot-Sopiédard...
Mais ici, tout le monde m'appelle Collot...
Je suis quelqu'un de très puissant...
Pas un homme politique...
Ni banquier ni trader...
Non... pire !
Je suis humoriste...

Hé, Collot !
Le magazine est paru !!
Salé, encore, ton papier...
Je travaille pour un hebdo très influent... J'ai des milliers de followers...
Ma chronique est très attendue...
Chacun dans le Tout-Paris redoute de se prendre une balle perdue...
On ne censure pas mon irrévérence...
... on la rémunère...
Et grassement !!
La férocité est une denrée très prisée de ces années de feu...
Ah oui...
Le patron veut te voir... !

Même ici, dans les couloirs du journal, je sens qu'on se méfie...
Hé, Collot ! T'as encore sorti le lance-flamme !
Je suis le fou du roi, l'électron libre... Un danger public...
Haha !
J'ai mis longtemps à me bâtir cette position de sniper...
C'est le prix de ma liberté !
Tu m'as demandé ?

Ah, Collot !
Ça réagit déjà...
Je crois que ça va faire grincer des dents...
Non, des dentiers ...
Bon, je te soutiens, hein... Mais, je me disais... Moi, je n'ai aucun humour. Je ne sais pas mais... Est-ce que tu pourrais...
... formuler les choses disons plus... légèrement... Pour nous éviter les procès, tu comprends ?
HAHA !
Tu vois que tu as de l'humour !!
4

Le matin, je suis à la radio...
Je livre mon billet de mauvaise humeur dans la matinale la plus écoutée...
C'est un plaisir de voir pâlir les invités dont je fais le portrait en direct...
Et voilà comment on en arrive là !!
Sur ce terrain, ils savent qu'ils sont battus d'avance...
Hmm...
J'aime la radio, média de proximité qui n'impose pas la dictature des images...
Pour cette raison, je fuis les plateaux télé... On ne m'y verra jamais...

Dans les dîners en ville, c'est devenu très confortable...
♫♪
Les invités nourrissent eux-mêmes mon personnage, en projetant ce qu'ils redoutent.
Ha! Collot est là ce soir...!
Je n'ai plus rien à faire... On me prête tellement de sous-entendus...
Hi!
... Je n'ai qu'à hocher la tête avec un sourire en coin...
Haha!
... pour être meurtrier !
Et bim!
Ah! Tu l'as bien mérité!
Je n'ai plus d'énergie à dépenser pour soigner mes sorties, comme jadis...
Et si j'ai oublié d'insulter quelqu'un...
... Je m'en excuse !
6

Parfois, je pérore pour les journalistes...
Pourriez-vous me donner votre définition de l'humour ?
Non.
Je peux juste vous dire celui que je n'aime pas...
L'humour compassé... De bon goût...
Celui qui provoque les petits rires chichiteux... L'approbation, le consensus...
Les beaux esprits adorent l'humour...
... Jusqu'à ce qu'il leur tombe sur le coin de la gueule...
L'humour est hirsute, il pue du bec, il doit être inconvenant...
il ne laisse rien debout après son passage... Ni faux-semblants, ni petits arrangements...
C'est sa raison d'être...
Un mal nécessaire...

Mais là où je suis au sommet de mon art, c'est dans les cocktails...
Ah, monsieur Collot-Sopiédard...!
On compte sur moi pour électriser l'atmosphère...
Ravie de vous avoir !
le cocktail est un art martial...
il faut savoir faire irruption dans un groupe...
Lâcher quelques scuds avec un large sourire...
Vite s'en extraire et surgir dans un autre groupe...
Alterner compliments et vacheries...

Mais surtout, ne jamais donner prise...
... être insaisissable.
Rester sur le terrain de l'adversaire... Ne permettre aucune intrusion...
Le cocktail, c'est aussi l'art de l'esquive...
Ah, monsieur Collot ! Heureux de vous rencontrer enfin...
Je voulais vous proposer une idée qui...
Oh ! Excusez-moi...
Je suis à vous tout de suite ...
?
Savoir slalomer entre les pièges...
J'ai conscience que ça ne fait pas de moi quelqu'un de sympathique...
Mais je joue cartes sur table... Cash !
j'exagère peut-être mon arrogance et mon pouvoir de nuisance...
J'ai voulu être honnête sur ce point avant que tout ne commence vraiment...

Alors ?
Ça fait quoi d'être ici ?

Je me sens plus fort...
Chaque fois...

Allez ! Je te laisse...
J'ai mon rendez-vous...
À la semaine prochaine !
Vous êtes en retard, monsieur Sopiédard...
Vous avez encore fait le détour par le Sacré-Cœur ?
C'est mon petit rituel.
Vous savez que les absences et les retards sont facturés ?
...

Madame Paola pratique une méthode très personnelle...
Ni en face à face, ni sur le divan...
... mais assis côte à côte...
Et sans un regard échangé...
Les silences font partie du jeu...
Au début, j'ai tenté d'exercer mon pouvoir sur elle...
N'essayez pas de me faire rire, monsieur Sopiédard.
Vous n'avez pas à me séduire...
Pendant ce temps, nous n'avançons pas beaucoup...
Alors, j'ai accepté le ridicule.
Je me suis livré à un exercice nouveau pour moi...
La sincérité...

Eh bien, dites-moi...
Pourquoi ce rituel chaque semaine ?
Vous voulez dire...
... les marches du Sacré-Cœur ?
Hmm...
D'abord, j'aime bien avoir tout Paris à mes pieds...
Au sens propre ou figuré ?
Les deux !
Toujours votre mégalomanie.
Et puis, ça m'aide à me rappeler d'où je viens...
C'est-à-dire ?
Cet endroit où je n'avais aucune chance de réussir ma vie...

Tout me semblait trop loin, inaccessible...
Paris était sur une autre planète...
Heureusement, dans ma chambre, il y avait un poulbot.
Un quoi ?
Vous savez, ce gamin de Montmartre...
J'avais l'impression qu'il me comprenait.
Un genre d'ami imaginaire ?
Voilà.
Il m'a aidé à garder confiance, toutes ces années...
Un jour, tu y seras...
Toi aussi !
Et il avait raison !
J'ai fini par y être...
... en haut des marches.

2

Tout en haut !
Si haut qu'à présent, je n'ai plus aucun lien avec ce passé...
Je suis sur l'autre planète...
Et personne ne pourra me ramener en arrière...
sauf...
Non, je ne peux pas te parler... je suis en rendez-vous...
Mais enfin ! Je suis ta mère quand même...!
Et tu sais pourquoi je t'appelle...
C'est important !
15

Ton frère va avoir 50 ans ! Tu t'en souviens ?!
Il veut faire une fête...
Je vais pas pouvoir, maman !
Ça fait combien de temps qu'on l'a pas vu ?
Quoi ? Mais tu dois venir !
Il y aura toute la famille !
La famille ! Le mot qui tue...
Laisse-moi réfléchir...
Je te rappelle...
T'as une mère, toi ?! J'aurais pas cru...
Tu serais donc humain ?
Ça veut rien dire... Les chacals aussi ont des mères...
Avec le recul, j'ai compris que c'est plutôt là que l'histoire a vraiment commencé...
Par ce coup de fil...
16

Ma chérie ...
J'ai une grande nouvelle.
La vie m'a donné une femme qui est mon exact opposé...
Oui?
Mon frère va faire une fête pour ses 50 ans...
Aaah! Bien!!
... incapable de la moindre ironie...
Mais je croyais que tu détestais les fêtes de famille ?!
Ben oui.
il n'y a aucune chance que j'y aille...
Ah, tu m'énerves! On peut jamais savoir ce que tu penses vraiment!!
Hé!
Même si un jour tu me disais que tu m'aimes, je te croirais pas...
Mais ma chérie ...
Je ne peux pas te dire "je t'aime" !!
Ce serait une faute professionnelle ...
Je suis humoriste...
C'est vrai?
Non. C'est une blague encore...

Je me souviens, aux premiers jours de notre rencontre...
Bonjour monsieur ! Vous pourriez vous pousser pour qu'on puisse s'asseoir ?
Elle voulait faire un pique-nique, mais il n'y avait qu'un banc...
T'as qu'à t'asseoir sur ma queue !
N'importe quelle femme aurait giflé ou tourné les talons...
Hm.
Elle, elle a eu cette répartie...
Certaine-ment pas !
Comme si la requête méritait malgré tout d'être examinée...
J'ai su que je l'aimerais pour la vie.
Viens, on trouvera mieux ailleurs...
18

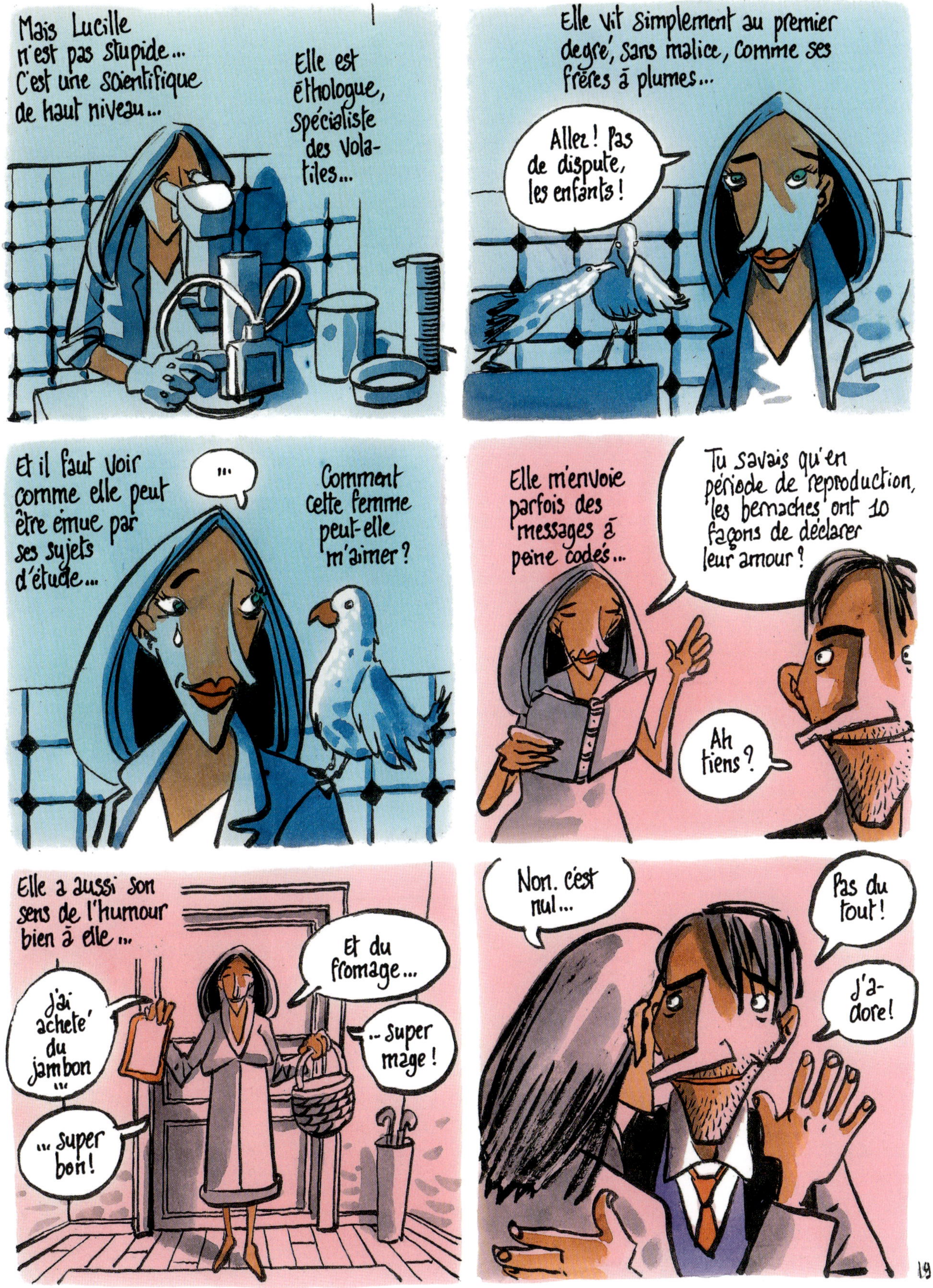
Mais Lucille n'est pas stupide... C'est une scientifique de haut niveau...
Elle est éthologue, spécialiste des vola-tiles...
Elle vit simplement au premier degré, sans malice, comme ses frères à plumes...
Allez ! Pas de dispute, les enfants !
Et il faut voir comme elle peut être émue par ses sujets d'étude...
...
Comment cette femme peut-elle m'aimer ?
Elle m'envoie parfois des messages à peine codés...
Tu savais qu'en période de reproduction, les bernaches ont 10 façons de déclarer leur amour ?
Ah tiens ?
Elle a aussi son sens de l'humour bien à elle...
J'ai acheté du jambon...
... super bon !
Et du fromage...
... super mage !
Non. C'est nul...
Pas du tout !
J'adore !
19

Elle passe beaucoup de temps (trop !) à m'excuser auprès des invités de la veille...
Ah mais non !
Il ne le pensait pas...
Je suis sûre que c'était encore une de ses blagues !
C'est vrai que j'ai une fâcheuse tendance à créer des malaises à table...
La technique des "pieds dans le plat"...
Hum...
On imagine le désarroi de Lucille pour qui la dérision est incompréhensible.
Et encore plus l'humour vache...
??
Avec les forts en gueule, je ne peux pas m'en empêcher.
Tout le monde sait ça !
Dès que l'un de ces matamores prend le pouvoir, je me déchaîne...
Si je puis me permettre...

J'ignore pourquoi je me sens un devoir de justicier...
Holà, manants !
Je ne puis vous laisser babiller de la sorte !
VÉRITÉ JUSTICE
C'est plus fort que moi...
Dans ma tête, il y a un tribunal permanent...
Et condamnés à subir mes vannes jusqu'à l'humiliation publique.
Vous êtes coupables de petits arrangements avec la vérité !
Mais comme je suis lucide sur moi-même...
Je me condamne aussi pour arrogance et abus de pouvoir !!
Vous êtes sûr, maître ?
C'est compliqué...
Autant dire que je n'ai plus beaucoup d'amis...

il me reste lui...
Mon fils, 18 ans, trop vite grandi, une voix trop grave, du poil au menton ...
Salut p'pa !
Avant, j'étais un dieu pour lui...
T'es le papa le plus rigolo du monde !!
Aujour-d'hui, voilà comment il accueille mes blagues...
Hinhinhin. T'as mangé un clown ?!
S'il y a quelqu'un que je n'impressionne pas du tout, c'est bien lui...
Ah !
C'est assez désta-bilisant ...
Je ne sais plus comment m'y prendre... Je n'ai aucune autorité...
Ah, au fait, t'es convoqué chez la directrice ...
Au-jour-d'hui...
Quoi ? Mais heu...
T'as fait quoi comme connerie encore ?
Ah mais... !

Je te jure que j'ai rien fait de spécial...
De toute façon, que puis-je reprocher à mon fils que je n'ai fait à son âge ? En pire...
DIRECTION
Ah ! Entrez...
DIRECTION
Alors, je suis désolé...
Si Martin vous a manqué de respect, je...
Ah non, il ne s'agit pas de ça...
Avant tout, je me présente : je suis Thérèse...
Celle qui...
Là, il faut que j'explique...

Dans ma classe de 3e, une fille s'appelait Thérèse...
Hé, Thérèse !
Celle qui rit quand on la baise !
Ça nous faisait marrer...
On était vraiment très cons...
Hé ! Thérèse !!
Celle qui rit quand on la baise !!!
On lui a répété ça des milliers de fois !
Si bien que ça s'est gravé sur les parois de mon cerveau...
Et depuis, par une sorte de réflexe incontrôlable, si j'entends "Thérèse"...
... je dis...
Celle qui...
Heu...
... qui est directrice du lycée ...
Ouf...!
24

Mais là, je vous parle plutôt en tant qu'abonnée…
… à ce magazine !
Pour cette rubrique…
Martin m'a dit que vous en étiez l'auteur…
Oui, enfin… C'est-à-dire…
L'auteur, oui c'est vrai…
Mais heu…
C'est remarquable ! Je suis fan !
Vous êtes vraiment très caustique !
Alors figurez-vous qu'au lycée, avec les professeurs, nous avons lancé un "club de l'humour".
Et nous serions très honorés si vous acceptiez d'en être le parrain !
Aaah…
Ah booon…
25

C'était bon pour votre égo, hein ?!
Surtout devant votre fils...
Mais pourquoi tenez-vous tant à l'impressionner ?
Être père, pour vous, ça veut dire impressionner son fils ?
J'en sais rien, j'ai pas connu mon père...
Je n'ai aucune référence...
Je suis nul en père...
Vous n'avez aucun souvenir de lui ?
Vous n'avez jamais posé de questions ?
Non.
J'ai dû sentir que ça poserait problème ...
Alors non.
26

Et vous n'avez aucun autre souvenir de votre petite enfance ?
Non.
Enfin si !
J'en ai un seul...
Allez-y !!
Vous allez être déçue. Ce n'est pas très spectaculaire...
Hmm !
Méfiez-vous des souvenirs qui ont l'air anodins...
Je vous écoute.
J'ai 4 ou 5 ans ...
Ça se passe où ?
Je ne sais pas, je me souviens juste de grands platanes ...
27

Il y a mon frère et ses amis...
Vous avez un frère ? Je l'apprends !
Ils vont faire une grande balade...
Et moi je veux aller avec eux...
Mon frère me dit : d'accord !
Mais va chercher un goûter parce que la balade va être longue...
Je cours à la maison..
Quelle maison ?
Eh bien, ma maison !
Je presse ma mère pour qu'elle me fasse des tartines...
Et bien sûr, quand je reviens...
... ils sont partis.
Hmm...
28

Qu'est-ce que ça vous inspire ?
Je sais pas...
De la tristesse...
C'est tout ?
Ça ne dit rien de votre détestation du mensonge ?
De votre sentiment qu'on vous "cache des choses" ?
Ah, mais c'est à vous de ressentir ça !!
Si c'est moi qui le dis, ça ne sert à rien ! On ne progresse pas...
Autre chose...
Y a rien qui vous paraît étrange dans ce souvenir ??
Non.
Vous parlez bien de platanes... ?
Oui.
Il y avait des platanes près de chez vous ?
Non.

Ben non. Les platanes, ça ne pousse pas dans le Nord...
Alors, ça s'est passé où selon vous ? ...
Je sais pas.
Bon.
Fin de la séance.
Pour la prochaine fois, cherchez du côté de l'histoire des platanes...
J'ai l'impression que c'est plus important que ça n'en a l'air...
Bougez-vous, monsieur Sopiédard !!
Il faut qu'on avance, maintenant !
30

3

Gilles !
Il me faut ta chronique dans une demi-heure !
Tu l'auras !
Sinon on imprime sans toi !
Pourquoi j'ai toujours besoin qu'on me pousse au cul pour avancer ?
Je m'étonne chaque fois du miracle de l'humour...
...
Un vague sujet, une tendance de l'air du temps qui m'énerve...
Au début, je n'ai rien...
Et puis le texte se met en place tout seul... Lui sait où il va...
Je le suis...

31

Je crois que les dieux de la blague se servent de moi comme d'un canal...
C'est un peu mystique, j'avoue...
C'est parti, chef !!
Merci, les dieux de la blague !
L'après-midi, je traverse parfois la Seine...
(Eh oui, à vélo ! Le parfait bobo !)
Pour participer à une émission radio de débats...
Vite !
"Débats", le mot est un peu fort...
Nous entourons un animateur bondissant...
L'actualité est un prétexte... C'est à celui qui sera le plus drôle...

Nous sommes les pitoyables gladiateurs des temps modernes...
... devant un public qui a le goût du sang.
L'animateur balance les sujets...
Et les vannes sont censées déferler...
Le festival de la répartie qui tue...
Dans le cerveau humain, la machine à vannes est une mécanique complexe...
Moi, je la vois comme ça...
1
On introduit ici les carburants nobles :
le goût du jeu, l'envie de dynamiter les convenances, traquer les non-dits, déranger la mollesse généralisée ...
2
Et d'autres qui le sont moins :
La provocation gratuite, le besoin d'exister, la prise de pouvoir, le triomphe de l'égo...
3
Pour l'allumage, le stress et la montée d'adrénaline mettent le feu...
4
L'huile dans les rouages, c'est une déraisonnable confiance en soi...
Et la vanne fuse !

La règle est simple : si l'un de nous foire sa vanne, il tombe et on ne le revoit plus...
Moi, j'ai un secret : ne rien préparer...
Surtout pas !
Les blagues réchauffées ne passent pas...
Il faut être mobile, réceptif.
Se couler dans le rythme de l'instant.
Et l'autre secret...
S'en foutre !
Et là aussi, la vanne vient tout de suite, au bon moment... C'est elle qui décide !
Je n'en citerai pas. Elles perdraient leur magie... Elles ne valent que dans l'éphémère...

Le plus facile, c'est quand on a un véritable adversaire...
Un contradicteur péremptoire et content de lui
Mes préférés...
On me connaît, dans ces cas-là, je suis sans pitié...
...
Ainsi avance le toréro médiatique dans son ridicule habit de lumière, à la recherche de la bête toujours plus grasse, jusqu'à un jour, peut-être, sa mort en public...
T'es en grande forme en ce moment !!
Je prépare une nouvelle émission pour la télévision ...
Tu pourrais y faire un malheur!
Oui, le mien!
Tu sais ce que je pense de la télé ?!
Réfléchis quand même...
La télé, c'est un cran au-dessus...
35

♬♪♬
Eh ben!? Qu'est-ce qui se passe, ma chérie? Tu pleures ?
Oui, je sais !!
C'est idiot...!
C'est le bêtisier des animaux...
Et moi, ça me fait de la peine toutes ces bêtes qui font des chutes...
C'est nunuche, hein?!
Mais non, ma chérie... Le chaton dans la baignoire, c'est hyper violent !!
Raah! Tu te moques, c'est ça ?!
Je t'ai écouté à la radio... Tu peux être assez violent, toi aussi! Qu'est-ce qu'il t'avait fait, ce pauvre monsieur ?!
D'où ça te vient toute cette méchanceté?
Heu... Je sais pas...
Si je veux être honnête, grâce à Paola, je sais d'où ça vient...

De ces interminables repas du dimanche...
...où l'on n'échangeait rien, jamais, qui puisse être source du moindre début de conflit...
Régnait alors sur les conversations la féroce dictature de l'anodin...
L'enfant sent instinctivement le poids des chapes de plomb...
...
Héhé...
Ha!
Hum...
Comme s'il y avait des questions qu'il ne fallait surtout pas aborder...
J'aurais voulu me lever et faire caca sur la table...
Pour qu'il se passe quelque chose...
Je ne l'ai jamais fait...
37

Bienvenue au club de l'humour! Avec le maître de la finesse...
Gilles Collot-Sopiédard!
Qui nous fait l'honneur d'être notre parrain!
CLAP
Bravo!
CLAP
CLAP
CLAP
Bravo!
Eh bien, Gilles... Je peux vous appeler Gilles?
Appelez-moi Thérèse.
Heu... Je préfère pas...
Commençons avec Yves, professeur de géo et grand spécialiste du jeu de mots...
Oui.
J'en ai un spécialement pour vous, M. Collot...
Aïe!

Vous travaillez dans un journal qui est au service du Pouvoir...
Comme un laquais...
C'est donc un canard laquais.
Haha!
Canard-Journal ...
Canard laqué, le plat chinois ...
Aaaaaaah...!!
Ça commençait mal, le calembour ne doit jamais être disséqué... Il vient dans la légèreté du moment... C'est un papillon, pas un 30 tonnes !
Bravo!
Excellent !!!
Sabine est prof de latin. Elle, ce sont les "Monsieur et madame" ...
Monsieur et madame Toast ont une fille...
Alors?
Kimberley!
Kimberley Toast.
Je la connaissais!
Moi, c'est Josy...
Prof de S.V.T.
Ma spécialité, ce sont les histoires drôles...
j'en ai des centaines!
Ouch!
Un Belge qui...
Je ne sais pas s'il existe un attentat plus meurtrier contre l'humour que j'aime...
Je... Je la connais ...
39

On a tous vécu ces soirées sabotées par l'invasion métastatique des histoires drôles...
Et alors? Elle fait...
Et Josy n'a manqué aucun des passages obligés du genre :
sur-jeu, gestuelle excessive...
Le Belge dit : "Ah mais non !"
Mise en scène outrée de la chute...
Sans oublier le must : rire de sa propre blague...
HiHiHi!
Je commençais à sentir monter une tension intérieure quand le prof de sport a parlé...
Serge!
Moi, c'est les devinettes...
Pourquoi les femmes des sourds ont-elles des slips transparents ??
Waow!
Ma soirée était sauvée...

Car Serge venait d'ouvrir une porte sur un monde où existait un lien possible entre la surdité et les sous-vêtements transparents...
C'était un vent de poésie et de surréalisme qui me chavirait de bonheur...
Pardon ?
À condition de ne jamais connaître la réponse ! Et de rester dans ce flou du tout possible enchanteur... Malheureusement...
Pour qu'ils puissent lire sur les lèvres !!
Ooh, Serge ! C'est indigne de notre invité !!
Allez, ça va, Thérèse !
Celle qui rit quand on la baise !
HAHAHAHA !
J'ai craqué.
41

C'est toi ?
Alors ? Le club de l'humour ?
T'as dû bien rigoler !!
Ça oui !
Ça faisait longtemps que je n'avais pas autant ri !!!
Et tu savais, toi...
... que les femmes des sourds avaient des slips transparents ??
Ah non... J'ignorais...
C'est une information intéressante...
Je t'adore !
Ah ben merci, ça me fait plaisir...
Sauf si c'est encore une blague.
Pas du tout !
42

Salut p'pa !
Tu te souviens de ce que t'avait dit la directrice, Thérèse ?
Celle qui... oui !
Et ?
Que tu étais caustique...
C'était pas très sympa ! Écoute ça...
"Caustique" : Se dit d'un poison, ou substance qui détruit les tissus. Décapant qui débouche les canalisations...
Eh ben c'est exactement moi !
Je me soigne pour ça...
D'ailleurs, je vais chez mon docteur, là...
T'es malade ?
Non. c'est une psy...
T'es fou ?
Tu sais, une thérapie, c'est juste de l'hygiène... Comme se laver les dents...
C'est se brosser les dents de l'esprit...
Le dents de l'esprit ?
Tu sais que tu commences à me plaire ?!

Oui, maman... Est-ce qu'il y avait des platanes autour de la maison...
... quand j'étais petit... ?
Non, pour savoir...
Non ?!
Ah...
Mais alors... Il y aurait une autre maison où...
Bon.
D'accord.
Moi, je sais. Mais je peux pas le dire... C'est mieux que tu trouves par toi-même...
Aaah! Tu vas pas t'y mettre, toi aussi !!
C'est dingue ça! ...

On peut négocier ?
Je n'ai pas trouvé pour l'histoire des platanes...
À la place, je vous propose un autre souvenir...
Ça marche ?
De toute façon vous n'arrêtez pas de négocier avec vous-même ...
Votre biographie est pleine de trous et vous vous en accommodez très bien...
Je me demande pourquoi vous venez ici...
Bon. Vous le voulez, mon souvenir, ou pas ??
Je vous écoute ...
Mais écoutez-vous, vous aussi...
C'était le premier jour de ma nouvelle école...
De tous les côtés, on riait de moi... J'étais hyper fragile...
45

Surtout ce gars, plus grand, plus fort... Luc, je crois...
Hé! Le nouveau... Tu pues!
J'ai ri avec les autres...
Ce qui était un signe de soumission absolue...
Et puis, il s'en est pris à mes habits...
Haha!
Ton pull est moche!
Alors là, toucher à mon pull, c'était s'attaquer directement à ma mère...
C'est elle qui recousait pour moi les affaires de mon grand frère...
À ta taille!
Je n'ai pas supporté...
Ça m'est venu tout seul...
46

C'est pas grave...
Mon pull, je vais pouvoir le changer...
Mais toi, ta gueule de travers, tu vas devoir la garder !
C'était pas très bien de s'attaquer au physique...
Il n'a pas moufté...
Et j'ai compris ce jour-là le pouvoir inouï de la blague sur la force physique...
Pfff...
C'est là que vous avez décidé de devenir humoriste ?
Oh non !
Ça s'est passé 20 ans plus tard...
Encore un trou...
47

Je commençais dans le journalisme local...
C'était mon premier reportage...
Un enfant avait disparu...
Je devais interviewer la famille...
Ils m'ont montré la photo du petit...
Instantanément c'est devenu mon petit frère...
Je suis resté avec eux toute la journée, en tremblant...
Quand on l'a retrouvé, je me suis effondré...
J'ai pleuré avec toute la famille...
Ce n'était pas très professionnel...

Le lendemain, j'étais envoyé sur un autre fait divers...
Chez un homme dont la femme et la fille venaient d'être tuées...
Elles étaient spectatrices d'un rallye automobile...
Ma mission était de savoir si le mari allait attaquer les organisateurs...
... auquel cas le journal était intéressé...
il y avait dans cette maison un homme dévasté...
Avec autour de lui, les traces cruelles de sa vie d'avant...
Un ballon dans la cour... Un bâton de rouge à lèvres sur le lavabo...
Je n'ai jamais pu descendre de la voiture...

C'est ça vos débuts dans l'humour ??
Tordant !
Attendez !
J'ai compris que je n'étais pas fait pour ce métier...
Je démissionne...
Hm... Le pigiste qui écrit le billet d'humeur à la une s'en va...
Ça te dirait d'essayer ? Sur le sujet de ton choix. Léger et drôle...
Ça te coûte rien !
Léger et drôle... J'ai senti ma famille revenir à la charge... Eux qui avaient travaillé dur à la mine, toute leur vie...
Jamais je ne pourrais être payé à être léger et drôle...
50

Mon rédacteur en chef a eu l'idée de génie...
Eh ben t'as qu'à prendre un pseudo !!
Ça m'a libéré d'un coup...
?!
Les idées sont venues comme si elles m'attendaient depuis toujours...
Héhé !
Le papier est paru le lendemain...
Tout le monde a bien rigolé...
DU NORD
quotidien d'actualité
ouvelles
Mon oeil !
Ma vocation était née, claire, évidente...
Tchin !
J'étais fait pour la drôlerie !
J'ai senti que plus rien ne m'empêcherait...
Protégé par mon nouveau nez de clown...
J'étais désormais inarrêtable...

La suite, vous la connaissez, je fais court...
Un grand hebdo me repère et m'embauche...
Voilà comment j'ai échappé à ma province pour devenir le roi de Paris !
...Et un grand mégalomane...
Je plaisante...
En tout cas, vous voyez le processus...
Votre pseudonyme vous a affranchi du poids de l'identité familiale...
Gloub!
...Vécue comme une malédiction...
Et a permis l'éclosion de ce personnage détestable: l'humoriste...
Hop!
Je plaisante aussi...
Oui, c'est vrai...!
Je suis devenu un homme sans passé!
Ça c'est moins sûr...

Et ce pseudo...
...c'était quoi ?
Eh bien, je le porte aujourd'hui encore... Ce n'est pas mon vrai nom...
Il y a même un jeu de mots caché dedans !
Quoi ? Gilles Collot-Sopiédard... C'est un pseudo ?
Avec un jeu de mots ?
Lequel ? Je ne vois pas...
Dites-le à voix haute avec le prénom à la fin...
Collot-Sopiédard Gilles ...
??
Collot-Sopiédard-Gilles ...
Oh non !!
Je l'ai... !
Mais quelle blague idiote !!
Freud, qui a parlé du mot d'esprit et de son rapport avec l'inconscient, aurait apprécié...
Ce que ça dit de vous...
53

J'ai une autre nouvelle...
J'ai fini par céder...
Je vais passer à la télé...
Vous qui disiez, je cite : "Ce piège où viennent se presser les poissons trop vaniteux..."
Ben oui... J'ai dû penser que j'étais prêt...
Bon ! ... Et c'est quand ?
Demain ...
Alors, n'oubliez pas ...
Votre pseudo a été une libération ...
?
... mais c'était peut-être aussi une prophétie !
54

4

Le bâtiment de la télévision était monstrueux...
Grand comme si une autre ville commençait...
France Télévisions
Au moment d'y entrer, la phrase de Paola résonnait encore. Celle sur la prophétie...
Ça m'a perturbé...
Et même mis en colère !
Je n'avais pas besoin qu'on vienne saper ma confiance...
Et puis un évènement est survenu qui a tout accéléré...
?!

J'ai vu arriver l'un des autres invités de l'émission...
TAXI
1456 VZ 77
Je le connaissais de vue...
L'un des écrivains-philosophes à la mode...
Il m'a dépassé sans me prêter attention.
Son charisme m'a impressionné...
La tranquille assurance des âmes bien nées...
Il a remonté la file des spectateurs de l'émission ...
Sans un regard...
Et le vigile l'a laissé entrer sans un geste ni un mot...
56

Tout à coup, plus rien ne m'incitait à participer à ce débat...
...
Sur quel thème, déjà ? "Hommes et femmes, ensemble ou opposés ?"
Quelle fumisterie !
Dans la queue, s'il vous plaît, monsieur ...
?!
Ah mais non, je suis un invité de l'émission...
Dans la file, monsieur ...
Je n'avais aucune invitation sur moi...
S'il vous plaît... !
Mais... !
Je n'ai même pas pensé à téléphoner...
Alors, on resquille ?!
Je suis allé faire la queue...
... soumis, méconnaissable...
57

Et donc, je suis arrivé en même temps que le public...
Vous étiez où ? on vous cherchait !
Je...
Au maquillage, je me suis dit que je n'aurais pas dû me raser... C'était encore de la soumission...
Ne bougez pas, monsieur ...
Je n'étais plus moi-même...
Ça criait de partout...
Antenne dans 2 min...
J'ai à peine pu parler à l'animateur...
ici, monsieur !
Je compte sur toi pour apporter un peu d'humour...
Un peu de... ?
Je n'avais pas vu le piège... J'étais sommé de faire le rigolo...
Et l'humour déteste ça : être convoqué !

Et voilà comment je me suis retrouvé sur le plateau au milieu d'invités plus ou moins prestigieux...
... mais tous contents d'y être !
Bien... Vous ne regardez jamais la caméra, O.K. ?
Une caméra sur rails fixait sans arrêt sur nous son œil vide...
20 Secondes !!
Je voyais les efforts dérisoires du public pour être dans le faisceau...
10!
Grappiller un instant de gloire à son passage...
Alors que moi, à cet instant, j'enviais leur anonymat...
5!
Mesdames, messieurs, bonsoir !
L'homme et la femme... Et pourquoi finalement ?
On les oppose souvent...
Avec nous pour en débattre ce soir...

59

Les autres ont démarré au quart de tour ...
On est là sur l'un des travers récurrents...
J'ai vite vu à qui j'avais affaire...
... Et pourtant ...
Des professionnels des plateaux télé... Sur n'importe quel sujet, ils débitent leur discours au km...
Concentré sur les bouches d'où sortait cette logorrhée absconse ...
... J'essayais de trouver la faille...
L'espace d'une blague...
Mais rien !
J'avais oublié que l'inspiration ne vient que si on s'en fout...
Et je ne m'en foutais pas !!
Haha !

60

Et comme je n'en plaçais pas une, ça m'est tombé dessus...
Parmi nous ce soir...
... le fameux humoriste ...
... Gilles Collot-Sopiédard ...
Alors, Gilles... Qu'est-ce que ça vous inspire ??
Ce que ça m'inspire ?
Héhé... Eh bien...
Mon usine à gags s'est mise à surchauffer...
Il faut vite injecter de l'humour frais !
Sinon tout va péter !!
Il fallait prendre une décision... J'ai pris la pire...
La blague de secours...
Blague de sécurité
Préparée à l'avance
Noon ! C'est contraire à toutes les réglementations !

Enfant, j'écrivais des reparties à ce qu'on m'avait dit la veille...
Excellent !
J'avais été incapable de retorquer du tac au tac...
Mais là, bim !
Prends ça !
HÉ ! Et toi t'es comme un parachutiste qui s'écrase !
Mais bien sûr, personne ne se souvenait...
Il est barjo, lui !
La repartie, c'est tout de suite ou jamais...
J'ai compris que la vanne était un animal sauvage...
On ne la met pas en cage...
Et que je ne serais jamais humoriste...
C'est pourtant à ce titre qu'on m'invitait ce soir...
Mais c'est l'enfant avec sa blague sous le bras qui est venu...
62

Eh bien, je pense qu'on ne devrait pas séparer l'homme de la femme...
Jamais !!
Par exemple, les vestiaires de la piscine...
Le principe du vestiaire, c'est le début d'une épuration ethnique...
Je refuse cette ségrégation...
La blague pouvait marcher... Souvent je m'en suis sorti en poussant la logique du raisonnement jusqu'au bout...
Vite! Ça va s'éteindre !!!
Mais il faut avancer avec assurance et conviction...
On... On devrait pouvoir choisir le... heu... vestiaire des femmes...
... qui souvent est bien plus sympa...
Au lieu de ça, la moitié de l'Humanité est rejetée du côté des chaussettes qui puent...

HAHA!
Et vous, professeur, est-ce que...
Je fus soudain aspiré par un trou noir...
J'ai senti sur moi le regard de l'écrivain-philosophe...
...
... qui m'a instantanément propulsé hors du cercle...
Ouch!
Imposteur soudain démasqué...
... et catapulté à l'autre bout du monde... Celui d'où je viens...
Le Nord de la vie que je n'aurais jamais dû quitter...
Chez ma mère, dans une famille qui ne doit jamais sortir de son trou...

On ne m'a plus redonné la parole...
Heureusement !
À la fin de l'émission, je les ai vus tous ensemble...
... se félicitant d'être eux-mêmes...
L'animateur n'a pas eu un mot pour moi...
Je suis sorti dans l'indifférence la plus totale...
J'ai fendu l'obscurité de la ville dont j'étais censé être le roi...
... sous un champ d'étoiles qui s'éteignaient une à une...

Ah, c'est toi ?!
Tiens, je t'ai vu à la télé !
J'ai pas bien compris la blague...
Sur la piscine...
Ce n'était pas une blague...
Je n'ai jamais été aussi sérieux...
Ah bon ?!
Alors, je suis pas sûre d'être d'accord, moi...
C'est important, les vestiaires séparés...
Nous, les femmes, on a besoin de notre intimité...
Ma chérie...
Heureusement que tu es là, toi...
Ah !! On est d'accord, alors !

Le lendemain, j'ai eu droit à un déferlement de textos assassins...
-DiiiNG
...
O.K...
Alors ? Noyé dans la piscine ?
Les chaussettes qui tuent !
T'aurais
Et je ne suis pas allé sur les réseaux sociaux...
Mais j'ai préféré ça aux appels compatissants...
Tous des cons à la télé, t'façon...
...
Et puis, il y a eu mon fils Martin...
Salut p'pa !
J'ai entendu la directrice et le prof de maths...
il paraît que tu as dit une grosse connerie hier à la télé ?!
Haha!
Je t'aime bien quand même...
Quand même ?

Lucille, elle, a continué à m'envoyer ses fameux messages animaliers...
Tu savais, toi, que le papillon ...
... a des yeux sur les ailes pour tromper ses prédateurs ...
... donner l'illusion d'être plus grand qu'il n'est... ?
Là, j'ai compris que Lucille n'était pas aussi naïve...
Et qu'elle avait bien saisi les enjeux...
Il y a longtemps, je l'avais séduite avec les 3 accords que je connaissais à la guitare...
Luciiiille... ♫♪♪
Je crois qu'elle est nostalgique du jouvenceau que je fus...
♫ oooh! ♪
c'est beau!
Secrètement, elle n'est pas fâchée que l'autre moi-même, l'humoriste, se soit pris un coup sur la cafetière...
Et sur son propre terrain!
68

Au journal, c'était différent...
Salut !
Personne n'avait vu l'émission... Ou tous faisaient semblant...
Après tout, je m'étais peut-être monté la tête... Tout le monde s'en foutait !
Salut Collot !
Ce qui me préoccupait plus, c'était ma chronique... Quelque chose s'était cassé...
Ce n'était plus très drôle...
Hum...
M'est revenue la phrase de Cioran, mon maître en cynisme éclairé : "À un moment, on n'imite plus que soi-même..."
Est-ce qu'on perd le sens de l'humour sans s'en apercevoir...
... comme un jour on a cessé d'être enfant ?

À la radio, ce fut plus violent...
Ah oui, c'est vrai, je...
J'ai raté quelques reparties...
Mes partenaires ont vite senti la faiblesse...
Ah bon ?
Nous sommes restés ces animaux qui flairent le moment de mordre.
C'était un juste retour de bâton... Je n'avais pas le droit de me plaindre...
Je fus invité plus rarement...
Bientôt ce serait plus du tout...
Il m'est venu l'idée que tout ça était venu de moi...
Strictement...
Dans le sanibroyeur télévisuel, cette émission n'avait laissé aucune trace chez personne...
Sauf chez moi, où elle avait ouvert une brèche...
70

C'est une des grandes lois du monde où j'évolue : tant qu'on avance le front haut, habité par la certitude de sa propre puissance, les obstacles tombent...
Les imposteurs, s'ils croient dur comme fer à leur légitimité, sont invincibles...
Mon socle à moi devait être bien fragile... J'ai repensé à mon pseudo...
Et j'ai maudit Paola...
Assez rapidement j'ai disparu des listings...
Je ne pense pas qu'une entité à la "Big Brother" m'en ait rayé...
Non, dans ce milieu, une sorte de télépathie met tout le monde au courant des disgrâces...
La machine évacue les scories en douceur...
71

J'ai pourtant encore reçu cette invitation...
Et décidé de l'honorer.
Ça m'a fait plaisir de retrouver cette atmosphère de veulerie ouatée...
Il y avait des têtes connues... Je revivais !
Tiens !
Salut Xavier, ça va ?
Oui, moi j'ai décidé de prendre du recul pour...
Excuse-moi, je suis à toi tout de suite !

Ah ! Collot... T'es là...
Je voulais te dire ...
On est vraiment contents de t'avoir au journal... Pour nous, tu es une référence...
Ça sentait l'oraison funèbre...
Justement, j'aimerais avoir ton avis sur ça...
Un jeune m'a fait cette proposition... Ça claque bien, je trouve...
T'en penses quoi ?
Tout de suite, j'ai été frappé par la modernité du ton... Je voyais bien ce qui pouvait plaire...
Sur le fond, ça ne tiendrait pas la distance... L'humour, c'est aussi une affaire de densité personnelle...
C'est très bon.
Propose-lui ma chronique...

?!
Il s'attendait à batailler... Je lui ai offert ma tête sur un plateau !
C'était une façon de tirer ma révérence avec panache...
La vérité est qu'il me fallait fuir cette ville de toute urgence...
Tout quitter, même Paola...
C'est un peu de sa faute, tout ça...
C'est toi qui décides ...
Tu crois pas ?

Ah! Monsieur Sopiédard! Je vous ai vu à la télé...
Vous avez été formidable!
A... Ah bon mais...
Vous avez fait tomber tout seul la forteresse autour de vous!
Beau travail!
Ça valait bien dix séances!
C'est pourquoi je vous propose de suspendre la thérapie...
Mais je...
Vous pouvez très bien faire le chemin seul désormais ...
Juste une chose : vous avez rompu la lignée familiale à un moment où c'était vital pour vous...
À présent, il vous appartient de la recréer !! C'est tout aussi vital...
Comment je...
Bonne route, monsieur Colosse aux pieds d'argile!
Hihi!

Est-ce qu'il y a un plan secret de l'univers pour chacun de nous ?
Je l'ignore, mais j'ai rétrospectivement le sentiment qu'une mécanique subtile m'avait amené là...
Exactement où je ne voulais pas...
... À prononcer cette phrase extravagante...
Allô, maman ?
C'est O.K., je viens aux 50 ans de mon frère...
T'es content ?
J'ai rien dit...
76

5

Elle est trop stylée, ta caisse, papa !
Ouais, mais reste sur la file de droite ...
Me stresse pas... ! J'ai le permis maintenant...
C'est gentil de me laisser conduire, mais fais-moi confiance...
T'es tout crispé !
Je te rappelle qu'on retourne dans ton pays... Tu vas revoir la famille !!
C'est cool !
Cool ?
77

Si tu savais le temps que j'ai mis à m'en sortir... !
Même à Paris, j'étais pas tranquille...
Quand des cousins passaient à l'appartement, j'étais terrorisé !
TOC TOC
Gilles ?! Tu es là ??
Je pensais qu'ils voulaient me ramener au pays...
Alors, tu croyais pouvoir nous échapper comme ça, pied tendre ?!
Là-haut dans le Nord, le malheur me guettait avec ses petits yeux qui brillent dans la nuit...
??
O.K...
78

Je comprends mieux que tu voies un psy ..
Je le vois plus...
Eh ben moi, je suis content de voir ma famille ..
Je les connais pas en fait...
C'est ouf !!
Même ton frère... C'est qui pour moi d'ailleurs ??
On va à son anniversaire...
Je sais même pas qui c'est !!
Ton oncle...
Ah mais moi non plus, je sais pas qui c'est !
On a 10 ans d'écart ..
Je peux te dire en 2 mots ce que je sais de lui...
Toute sa vie, il a vendu des maisons de lotissement clés en main...
Point.
Et moi, il a aucune idée de ce que c'est mon métier...
Et c'est quoi ?
Ah oui... "humoriste", huhu !
19

À ce propos, j'ai un service à te demander...
Promets-moi de le faire, même si c'est difficile...
Si un jour je n'ai plus d'humour... Que je fais la blague de trop...
Tu m'abats sur-le-champ sans sommation !
Ah? Ben j'aurais déjà dû t'abattre depuis longtemps...
Ah bon ?!
Haha!
c'est de l'humour !
Ah, quand c'est pas toi, hein... !
Tiens, je crois qu'on arrive par chez toi ?!
80

Oui... Les maisons de briques rouges ...
Les terrils...
Quelle angoisse !!
Moi j'aime bien...
Et les gens d'ici, ils parlent vraiment comme dans les films ?
Cha va, biloute ?
Accélère !! J'avais des amis qui habitaient là...
J'ai pas envie qu'ils me voient !...
C'est incroyable ! Tout est pareil... !
Je me sens pas bien...
Hé ! Ça va, papa ! On part pas pour l'Afghanis-tan !! On va chez ta mère !
D'ailleurs, on y est, non ?!
81

Salut mamie !
Oh, mon bébé !
Qu'est-ce que tu as grandi !!
Ça c'est dingue !
Jamais ma mère ne m'a pris dans ses bras comme ça...
J'ai tout de suite senti qu'il était là...
Dans sa chambre...
L'enfant que j'étais...
À Paris, je pouvais le tenir à distance...
Mais ici ça va être difficile...
82

Tu as maigri, Gilles...
Je t'ai fait ton gratin de macaronis...
Je monte déposer les bagages...
C'est bien que tu sois venu... Ça va faire plaisir à ton frère...
L'escalier que j'ai monté et descendu des milliers de fois...
!!
Le couloir sombre et humide... Rien n'a changé...
La chambre radioactive, là...
Et au bout, la cellule d'où je me suis enfui...
Ma chambre...
83

Il y était, bien sûr...
... comme toujours, le regard aspiré vers le grand dehors...
!!
Et lui aussi était là...
Salut !
T'es revenu, alors ?! Et tu crois que tu vas pouvoir repartir ??
Ben oui !
Je connais le chemin... Et puis je suis grand main-tenant...
Pas sûr...
Papa ! On mange !
Heu... Tu parlais à qui ??
84

Ā...
Au poulbot !
Mon ami imaginaire...
O.K...
T'as pas arrêté un peu vite ton psy ?
Toi tu dors là... Et ça, c'est la chambre de maman...
Enfin mamie ...
Tu veux voir ?
Elle dort sur un lit pliant, mamie ??
Oui, depuis la mort de son mari...
Enfin mon père...
Elle dit que c'est provisoire...
C'était quand même il y a 35 ans...
Et cette porte-là ?
Ah...

C'est là que mon père est mort... Enfin...
Ton grand-père...
?!
Rien n'a bougé, tout est resté en place depuis ce jour-là...
J'y suis jamais allé...
Tout est encore là ?! Sauf mon grand-père, quand même ?!
Si !
Enfin... Son squelette...
Hein ?!
Mais... mais...
Haha !
Tu démarres au quart de tour, toi !!
!?
Tu recommences, je t'abats sans sommation !!

Mamie, pourquoi t'es toujours en noir ?
Ha... De mon temps, c'était comme ça quand on était veuve... On s'habillait en noir... Et puis après, on continuait comme ça...
Ma mère, c'est pareil, elle a perdu son mari... Mais elle, en plus, il ne fallait plus jamais être joyeux ...
Chaque année, quand la fête foraine arrivait au village, on déménageait pour quelques jours...
Quoi? Mais je ne savais pas tout ça...
Tu ne me l'as jamais dit...!
87

En une soirée, ma mère a parlé avec mon fils plus qu'avec moi en toute une vie ...
Dis donc, tous les pères sont morts dans cette famille !!
Oui, c'est vrai... Et toujours à peu près au même âge : 40 ans ...
Quoi ?! Mais, c'est l'âge de papa !!!
Oui... Et d'ailleurs, je ne me sens pas très bien...
Rah !! T'arrêtes mainte-nant !!
Bon ! Au lit, les enfants !!
Gilles, ta soeur vient nous chercher tôt, demain... Elle veut nous emmener en voiture...
T'as une soeur, toi ?
Je te l'ai jamais dit ?

Je savais que cette nuit allait être rude ...
Dans cet environnement régressif...
!
Fallait pas revenir...
?!
Cet anniversaire, c'est un piège...
Tu ne sais pas ce qui t'attend !
Moi, je sais, mais je peux pas le dire ...
Oh!! Foutez-moi la paix, les deux, là !!! Je veux dormir !!
89

PWÂPP
Ma soeur... ! Déjà... !!
Comment se fait-il qu' Antoine ne la connaisse pas ?
...
Françoise, ma soeur, quel personnage !!
Debout là-dedans !!
Je me souviens d'avoir été "garçon d'honneur" à son mariage...
Et puis ça s'est gâté...
90

Le mari s'est révélé être un sinistre imbécile...
...qui a sombré dans l'alcool...
La vie de Françoise est devenue un cauchemar...
Elle aussi est tombée dans la boisson ...
Elle n'est sortie du tunnel qu'à la mort de son mari...
30 ans plus tard !
C'est une autre femme qui est née !
Extra-vertie... Fantasque...
Moi, elle me sidérait par sa liberté...
Mais le reste de la famille ne suivait pas...
Ce n'était pas dans les codes ...
91

Sa spécialité était de ramener des fiancés improbables...
Je vous présente Sergio !!
Hihi!
... qui chaque fois provoquaient la consternation...
Johnny!
Hello!
C'est sans doute pour ça que je ne l'ai pas présentée à Antoine... Je devais être gêné aussi...
Salut ma soeur!
C'est idiot parce que Antoine l'a aimée tout de suite...
Hey!
Mon frère !!
Alors, les Parisiens !?
Vous avez fini par venir ??!
Donc, c'est toi mon neveu ?
Je t'adore !!
Moi aussi, madame...
92

C'est parti !!
J'ai vite compris que Françoise avait gardé ses habitudes alcoolisées ...
J'espère qu'on va se marrer !!
Pasque ton frère, tu vas voir, il a pris un coup de vieux !!
La honte de ma mère était palpable ...
Elle est géniale, ta fille ... !!
Et c'est ainsi, sans que je comprenne encore vraiment pourquoi ...
... que je me suis retrouvé devant la salle paroissiale ...
... où comme l'avait sinistrement prédit ma mère ...
Tu reconnais ?
... "il y aurait toute la famille" ...
...
93

On l'appelait aussi la salle des fêtes...
Quand j'étais petit, j'entendais "sale défaite"...
C'est là que j'ai fait ma communion solennelle...
C'est là qu'a eu lieu le funeste mariage de Françoise...
C'est la danse des canards...
Et toutes les noces d'argent, de carton, de polystyrène de tous mes oncles et tantes...
...qui en sortant de la mare...
Je crois même que le vin d'honneur pour l'enterrement de mon père, c'était là aussi...
Je m'étais juré de ne jamais y remettre les pieds...

6

Oh làlà... Ils sont déjà tous là...
Il est à peine 11 h.
Ça va durer toute la journée...
J'ai déjà envie de repartir !!!
Bon... Papa ! Tu me dis qui est qui ?
Ah, mais je les connais plus moi... C'est... C'est la famille...
Allez viens, Antoine !
Je vais te présenter, moi !
Salut frérot !
?!

Ah!
Ça va ?
Oui.
Lui et moi, on ne sait jamais si on doit se faire la bise ou pas...
...
...
Et il est où, mon neveu ?
Heu... Mais je le connais pas moi, ton neveu...
Ben... Ton fils... Antoine...!!
Ah oui! Là-bas !!!
Allez, monsieur!
Comme tout le monde!
?
Haha!
Oui, tu vas voir... C'est marrant! On y passe tous!
96

De toute éternité, la fête, dans ma famille, c'est ça : mille ans de repas assis...
La seule nouveauté : les boudins gonflables ...
j'ai eu envie de mourir...
Hé ! y a Gilles, il paraît qu'il fait des blagues à la télé !
Eh ben alors, il pourrait nous en dire une à nous... !
Hein ?!
Oui, allez ! une blague !
Une blague !
une blague !

J'ai paniqué. C'est sorti tout seul...
Heu... Pourquoi les femmes des sourds ont des slips transparents ??
Non! Pas ça !!
Ah! Ça va plaire à Thérèse !!
Son mari, y est sourd !!
Oui, mais j'ai mes appareils !
Thérèse ?
Là, j'ai carrément disjoncté...
Oui alors pourquoi ?
Ça va, papa ?
Non.
J'ai revécu le syndrome de l'émission télé... Peut-être en pire !
Et ?
Et maintenant musique !
Tous en piste !
98

Pour une fois, j'ai été sauvé par la danse des canards...
Françoise s'est déchaînée...
Suivie de près par Antoine...
Ce fils est tout ce que je n'ai jamais su être à son âge...
Je me suis retrouvé coincé seul avec ma mère, tout raide...
Le résumé de mon enfance.
Monsieur Gilles ?
Hein ? Oui...
99

Je suis un ami d'Alain.
Alain ?
Votre frère...!
Ah oui, Alain...
Il m'a beaucoup parlé de vous...
il vous écoute à la radio ...
Il ne rate jamais une émission ...
A... Ah bon ?!
Vous savez, Alain, c'est quelqu'un d'important pour moi...
Il m'a sauvé la vie...
C'est l'année où il s'est retrouvé seul ...
L'année où ?
On travaillait dur dans le bâtiment... On avait 14 ans...
j'ai fait une mauvaise chute...
Il m'a veillé toute la nuit...

Il a toujours été là pour moi...
Je voulais vous le dire... Votre frère, c'est un type bien ...
Allez... Bonne soirée !
C'était qui ?
Un ami d'Alain...
mon frère...
J'ai besoin de prendre l'air...
...
Ah ! T'es là, frérot !!
?
101

Je voulais te dire...
Je suis content que tu sois venu ...
Mais c'est bien normal...
Non. Y a rien de normal dans cette famille ...
Couine
Couine
Couine
Couine
Allez ! Amuse-toi bien ...

102

Ben papa ? T'étais où ?
Je... J'ai marché dans la campagne...
Tout le monde s'en va... Moi je rentre avec les cousins...
Et alors ? Qui veut que je le raccompagne ??
Heu... Non merci... ça ira...
Bonne nuit !
Moi, je veux bien...
Toi, mon frère, t'as toujours été différent dans la famille...
Ah, mais toi aussi !
103

Tu sais, Gilles, j'aurais voulu que ce soit autrement...
Re... Regarde devant!
Aaa... Attention !?
... mais on n'a pas toujours le choix...
Quoi?
Ouch...
Ça va?
Heu oui...
Bon ben tant mieux...
104

Ma vie aurait pu être autre chose...
J'aurais pu être quelqu'un d'autre aujourd'hui...
Ah, mais Françoise, moi j'aime bien ce que tu es devenue...
Quand j'étais petit, tu me faisais rire !
Oui, mais j'ai été obligée de me marier...
Obligée ? Pourquoi ?
Tu sais, c'est l'année où on est restés seuls avec Alain... Ça a tout changé...
Ah non, je sais pas !
Quelle année ?
Toi tu étais trop petit... C'est rien pour toi tout ça... N'en parlons plus ...
Ah mais si !
Ça sert à rien, c'est vieux ...
105

Papa !?
Il est midi ! ...
...
On doit partir ...
J'ai mes cours au lycée ...
T'es rentré tard hier soir ?
Je... La dépanneuse heu...
Mes affaires sont déjà dans la voiture ...
Je pourrai encore conduire ?
J'ai adoré !
Antoine... Tu vas repartir seul..
Quoi ?
Je crois que j'ai encore des choses à faire ici...
?!
106

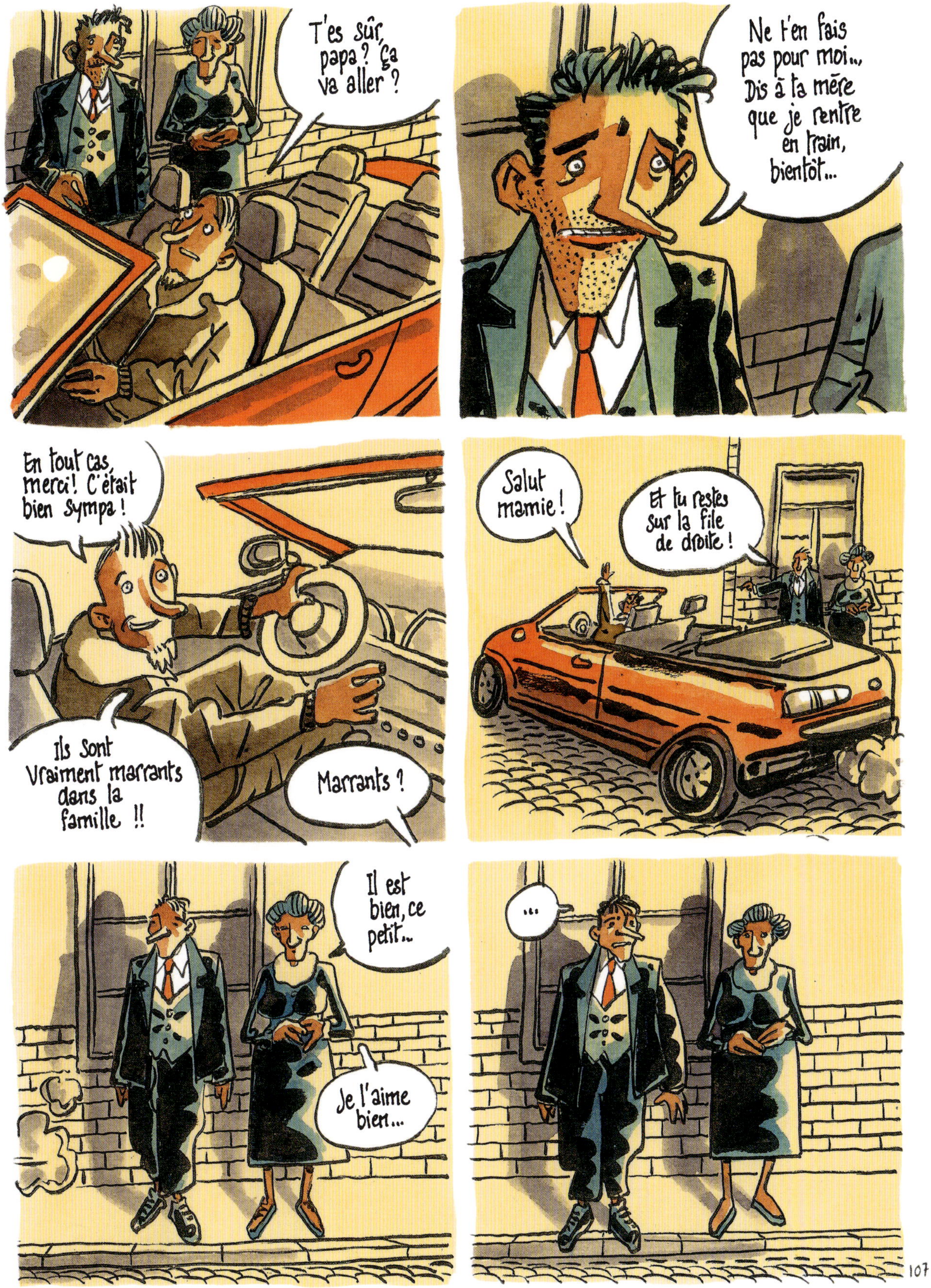
T'es sûr, papa ? ça va aller ?
Ne t'en fais pas pour moi... Dis à ta mère que je rentre en train, bientôt...
En tout cas, merci ! C'était bien sympa !
Ils sont vraiment marrants dans la famille !!
Marrants ?
Salut mamie !
Et tu restes sur la file de droite !
Il est bien, ce petit...
Je l'aime bien...
...
107

?
Maman !
Tu es abonnée à mon Journal ?!
Ah oui... Hofff... Je lis pas tout...
!?
Le petit jeune avait repris ma rubrique... Il avait déjà sa photo !
En 3 formules clinquantes, ce type m'avait ringardisé...
Mais sur le fond, ça ne disait rien...
Quoi de plus triste quand l'humour n'est qu'une coquille vide ?
Tu viens avec moi au cimetière ?
Au ?
108

Des années que je n'étais pas monté dans un bus...
Mais mon angoisse ne venait pas de ça...
Depuis le départ d'Antoine, je n'étais plus un père... Mais un fils...
Et pourquoi il faut aller au cimetière ?
Pour le renouvellement de la concession... Il va y avoir ouverture du caveau familial...
Et il doit y avoir un témoin...
Quoi? Mais c'est horrible ! Ça ne te fait pas peur ?
Bah... Tu sais, moi, les morts...
j'ai l'habitude ...
Je n'étais jamais non plus retourné au cimetière où était enterré mon père...
108

Ce cimetière tout en pente m'a toujours impressionné... On dirait qu'il plonge vers l'enfer...
Ça penche de plus en plus, non ?
Ah ! Voilà les employés municipaux...
Tu viens ? On va ouvrir le caveau !
Hein ?!
Ah non !
Moi, la mort, j'ai pas trop l'habitude... Je ne vais jamais aux enterrements...
Cette cérémonie grandiloquente et vaine...
Mais ce n'était pas une bonne idée de rester seul dans cet endroit...
Les cimetières sont des pièges à souvenirs...
110

Celui-là est remonté de très loin...
Si j'avais pu le raconter à Paola, elle aurait apprécié...
On va aller voir ton papa...
Mon père ? Mais où ça ?
Moi je croyais qu'il était dans la chambre interdite pour toujours...
Voilà... Ton papa est là...
?!
Tu peux lui dire quelque chose...
Mais... Quoi ?
Ce que tu veux ...

...
Ça va ?
L'autre souvenir m'est revenu par les narines...
Cette odeur doucereuse et âcre des fleurs fanées qui croupissent dans l'eau...
A NO
CHER
REG
Pour moi, c'était celle de la mort...
Voilà ! C'est fini...
Alors ?
112

Eh bien, avec le temps, les cercueils pourris se sont tous affaissés les uns sur les autres...
C'était drôle...
J'ai reconnu la veste de mon parrain...
Toutes ces générations empilées comme des crêpes... Ah, on est peu de chose...
J'ai repensé à ce que disait Paola de la lignée familiale...
Celle qui avait failli m'écraser... !
Moi aussi, j'y serai bientôt...
J'en ai assez. Je suis fatiguée.
Pourquoi tu dis ça ?
Si je pouvais choisir, je voudrais ne pas me retrouver dans la pile...
Je préfère encore être incinérée...
Finir en cendres...
Être légère pour une fois dans ma vie...
...

Non mais sinon, ça va la santé, maman ?
Oui, oui... T'inquiète pas !
Finis ton gratin...
J'avais toutes ces questions à poser... Mais comme toujours en présence de ma mère, est revenue la paralysie...
Bon. Au lit maintenant...
Ce n'est pas encore aujourd'hui que je ferai caca sur la table ...
?
Tu vois pas qu'elle est malade ?
Quand est-ce que tu vas te décider à parler avec elle ?
On dirait moi !
C'est pas la peine d'avoir grandi...

Et si tu commençais par la chambre du père ?
Ah mais...! Ça va, vous deux !!!
C'est encore moi qui décide !!
O.K.?!
C'est dingue ça !
Vous êtes des produits de mon imagination, je vous rappelle...
Alors camembert !!
...
115

J'en ai eu la confirmation : mon père n'y était plus...
Rien n'avait bougé depuis plus de 30 ans... Cette pièce était un autre caveau...
Mon père avait mis longtemps à mourir dans ce lit...
Je n'ai aucune image de lui. Tout est éteint...
Juste une ombre sur ma vie, un poids sur les épaules...
L'incarnation de l'absence...
Un oxymore !

Sur les photos de famille, je ne le reconnais jamais...
C'est un personnage... Un acteur...
Quand je le cherche dans mes premiers souvenirs...
... il vient tout juste de quitter la pièce...
Parfois je réussis à l'apercevoir... Mais toujours de dos...
117

Tiens !? C'est ici que maman a tout classé...
C'est fou !
Ma mère conserve scrupuleusement toutes les photos dans des albums numérotés...
Un par année !
Nos vies figées dans le noir et blanc pour l'éternité...
Hé !!? Il y a même un album spécial sur moi !!
Gilles
Non ?! Elle a découpé toutes mes chroniques !!!
Depuis le début ! Il n'en manque pas une !
Et c'est quoi, ça ?
Gilles

Des cartes postales !!
Elles viennent toutes du même endroit... C'est où ça ?
" Bien le bonjour de maman"... C'est l'écriture de ma mère..
Adressées ici, à mon frère et ma sœur ...
Et toutes postées la même année !
0,50
RF
LA POSTE
04 03 1986
AFFRANCHI
Alain et Françoise
1986 ...
La fameuse année ?
Quoi de spécial cette année-là... Voyons voir...
Facile! Il suffit de retrouver l'album.
Alors... 1986...
1984
1985
1987
1988
?

...
À cet instant, une profonde lassitude m'est tombée dessus...
Ultime sacrilège : je me suis écroulé sur le lit de mort de mon père...
Mais ce n'est pas lui qui est venu visiter mon rêve...
C'est mon frère et ma soeur...
14 et 18 ans en 1986...
J'étais là également... 5 ans...
Avec cette intuition claire et précise...
À moi aussi, on avait volé une année...
120

7

Papa, je veux bien faire le chauffeur...
Mais ça va me faire rater des cours au lycée...
J'ai besoin de toi, fiston...
La directrice, elle va pas aimer...
Qui ça ? Thérèse ?
Oui...
Elle rit des fois ?
Pas souvent...
Dommage ! ça lui ferait du bien...
Et on cherche quoi, cette fois ??
Des platanes...
Je suppose que tu m'en diras pas plus ?
Non.
O.K.
121

Je me suis aperçu que cette histoire était impossible à raconter...
Même à quelqu'un qui me connaît bien ...
Mais... Y avait quoi sur ces cartes postales ??
Des banalités pour mon frère et ma sœur...
... écrites par ma mère...
Et tu lui as pas demandé d'explications ?
C'est fou, ça !!
Toi qui fais peur à tout le monde, avec ta mère tu t'écrases !!
C'est pas ça... J'arrive pas à parler avec elle... Et elle non plus... C'est très ancien...
122

Mais là, c'était trop...
Maman ...
Où est l'année 86 ?
Je m'excuse ...
"Je m'excuse"... Mais... De quoi ?
Je ne sais pas...
Elle m'a dit que j'avais tous les éléments ...
Et que c'était mieux que je trouve par moi-même...
123

Je commence à en avoir marre de cette phrase...
D'un autre côté, j'ai l'impression qu'elle était soulagée...
Et elle va bien ?
Ça non plus, elle ne le dira pas ...
En tout cas, toi tu as avancé bien plus en 3 jours qu'en 3 ans de psy...
Alors, fonce !
124

Rrrr...
??
!!!

Antoine...
Est-ce qu'il y a quelqu'un sur le siège arrière ?
Un... Un enfant qui fait la gueule...
Hein ?!
Mais non! Il n'y a personne ...
Ça va, papa ?
!!
Tu me fais peur des fois ...
Tu crois pas qu'il serait temps que tu me racontes tout ?!
Bon. D'accord.
126

Quoi? Elle s'excuse ? Mais de quoi ?
Je sais pas...
Et l'album disparu...
Il est où ??
Aucune idée...
Eh! C'est bien quand tu expliques ...
C'est tout de suite plus clair...
Et on va où exactement ?
Bien sûr, tu sais pas...
Si!
Le nom est là...
Sur toutes les cartes postales ...
Et la sortie est dans 20 km...
Alors tu la rates pas !
127

Ça nous change des terrils...
Ah ouais!
Tu sens là ??
Arrête-toi! Freine !!
qu'est-ce qui se passe encore ?
Papa ?
128

T'es hyper bizarre... Je te reconnais plus...
Cette odeur... Tu la sens ?
On dirait de la lessive...
La lavande !
J'ai vécu ici... J'en suis sûr maintenant !
Bon, mais tu vas pas chialer, c'est gênant... Les pères, ça pleure pas...
Je me demande si je préférais pas quand tu faisais des blagues nulles...
Tu peux pas savoir...
Ça remonte par la peau...
129

C'est ça le bled sur les cartes postales ?
D 138
LA FADÈZE
Oui...
Le moment de vérité, donc...
Mais tu me jures que tu chiales pas !
Alors?
Alors, rien...
Je reconnais rien du tout...
Je sais pas ce que j'espérais...
130

Peut-être que tout a changé ...
En 35 ans ...
Ou peut-être que c'est une autre ville ...
Avec le même nom...
Et t'as aucun souvenir ??
Elle est reloue, mamie, de rien te dire !!
Elle dit qu'elle a oublié...
Quelle famille !
En vrai, on cherche quoi ?
Une maison.
Celle où tu as vécu ?
Pendant un an...
Alors bouge pas... J'ai mon idée...

?
J'ai une piste... Suis-moi, c'est par là...
Réfléchis...
Si tu avais 5 ans quand tu habitais ici...
Le truc dont tu te souviendras à coup sûr...
ECOLE PRIMAIRE
C'est ça !!
132

!!
Mais oui !!
Je... Je reconnais !
L'horloge... Le portail... Tout...
Popop! Pas de sentiment... On reste concentré...
La voilà, mon idée...
Quand on est enfant, le chemin de l'école, on le connaît par coeur...
Et donc, si on fait le chemin à l'envers ...
En partant d'ici...
On tombe sur quoi ?
La maison !
Alors ? C'est par où ?
133

Par là ? Tu es sûr ?!
Oui ! Je me souviens de cette rue étroite, des marches...
La fontaine, là... On allait y boire...
On pleure pas !
Et là, on croisait un troupeau de moutons...
Des moutons ? C'était au Moyen Âge ?!
Et là, le muret !!
Je connais chaque pierre...
Oui, mais là, on sort du village...
Y a plus rien...

C'est une très grande maison... On devrait la voir ...
Il n'y a qu'une explication ...
Elle a été détruite ...
Attends. Il y a une autre explication ...
Laisse-moi voir...
?!
Les arbres ont poussé, tout simplement...
Jette un œil là-derrière ...
!!
135

Alors... C'est ça... ?
Je... Je crois, oui...
Bon. T'as droit à une larme ...
Mais pas plus...

136

Hé! Monsieur !!
Elle est occupée, cette maison ?
?
Le vieux monsieur est mort, y a pas longtemps...
Maintenant, c'est un couple d'Américains...
Et ils sont là ?
Ah ça, je sais pas...
Papa...
On va jusqu'au bout...
DIIING DÔONG

?
Hello miss... Heu...
My name is Gilles, and we would like...
Je suis française...
C'est mon mari qui est américain...
Ah! Alors, voilà... Nous aimerions savoir si... Heu... si...
... Vous avez des platanes ?
Mon père est un peu ému...
Il pense qu'il a vécu ici quand il était petit... Et il voudrait en être sûr...
Ah mais bien sûr...
Entrez!
138

Alors ? Ça vous rappelle quelque chose ?
Pas trop, non...
DriiiiiiiiiiNNG
Excusez-moi... Je vous laisse un instant...
Détends-toi, papa... T'es tout crispé...
Hé ?? Là !!!
13

Ça y est...
Tout me revient...
Si tu veux venir...
...il faut que tu prennes un goûter... Parce que ça va être long...
Maman !
Un goûter !
Voilà... Je t'ai mis du Jambon...
Vite !
?

Tout m'est familier!
Au bout de l'allée ...
... c'est la mer!
Suis-moi!
Ah! Je te retrouve!
Mais... Et la dame... ?
T'es gonflé !!
Suis-moi, je te dis...
Papa! On est super indiscrets!
Chut.
Oui, c'est là!
141

Qu'est-ce que tu cherches ??
Ça!
C'est quoi ?
On dirait une poignée de porte...
Au secours!
Mon père est devenu fou !
C'est la seule chose que ma mère m'ait dite...
La nouvelle propriétaire ne doit pas connaître ...
Tu vois ce couloir ?
Derrière le papier peint...
... il y a une porte !!
Regarde !
142

C'est plein de vieil'leries...
Je me souviens de chacun de ces objets...
Devine sur quoi je tombe ...
Direct !
1986
143

Qu'est-ce qu'il a de spécial, cet album ?
Regarde ! C'est moi... J'ai 5 ans !!
On dirait moi ! C'est fou...
Et la fille, là, c'est qui ?
1986
C'est la grand-mère ...
Quoi ? Mais elle est super jeune !!
Moi, ce qui me frappe, c'est autre chose...
Regarde comme elle sourit... Et ses vêtements colorés, elle est radieuse !
C'est une autre femme !
Et qui la prend en photo ?
Sans doute le vieux qui est mort il y a peu...
!!
Elle a tout quitté un jour pour arriver ici ?
Mais pourquoi ?
J'ai la réponse ...
À cause de ça...

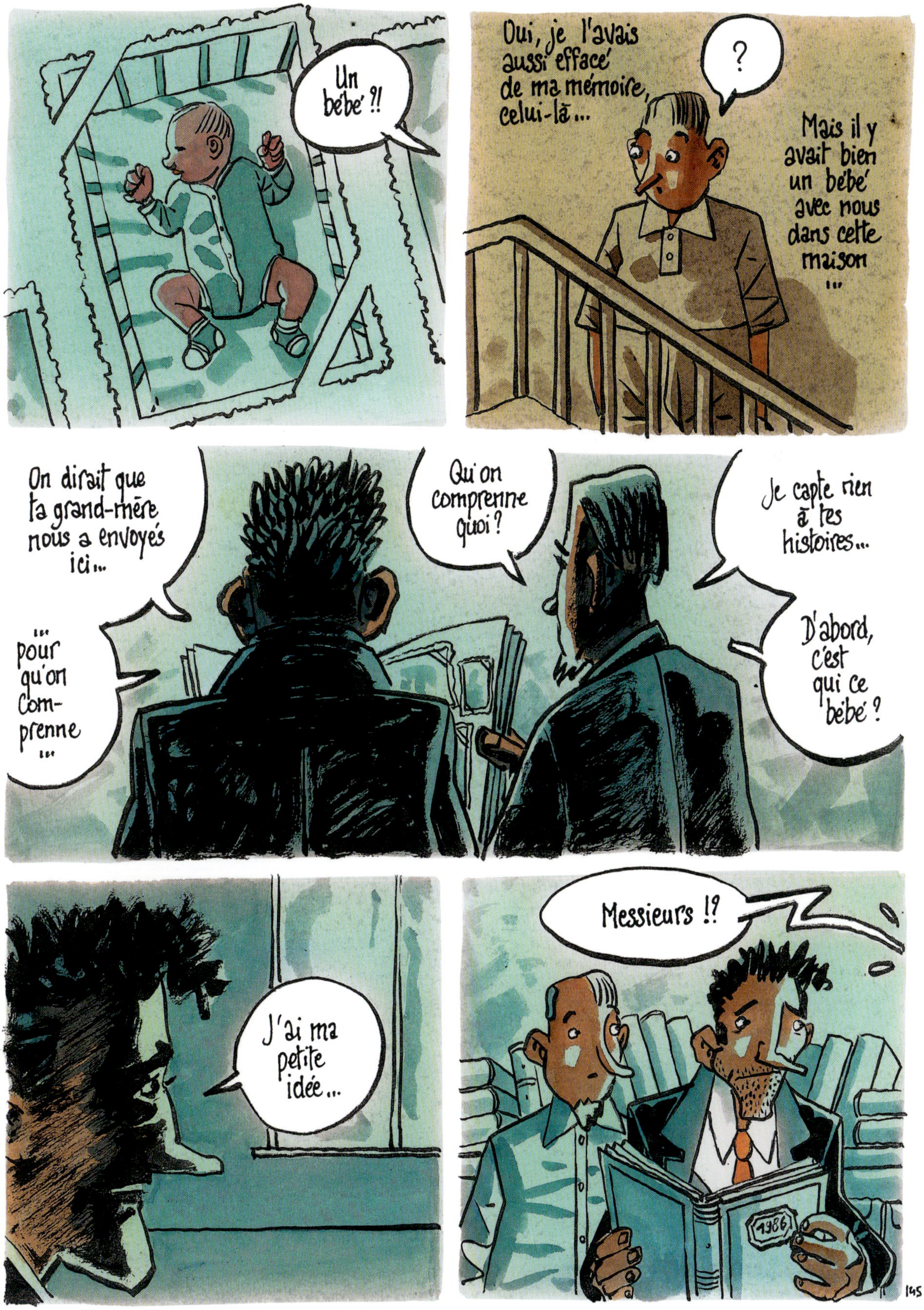
Un bébé ?!
Oui, je l'avais aussi effacé de ma mémoire, celui-là...
?
Mais il y avait bien un bébé avec nous dans cette maison ...
On dirait que ta grand-mère nous a envoyés ici...
... pour qu'on com-prenne ...
Qu'on comprenne quoi ?
Je capte rien à tes histoires...
D'abord, c'est qui ce bébé ?
J'ai ma petite idée...
Messieurs !?
1986
145

Excusez-nous, on...
Je dois partir ...
Un deuil dans ma famille...
?!
Je viens de perdre ma mère...
Vous repasserez une autre fois ...
BIDIBIDIBIDI
Oui ?
...
Papa...
?
146

8

Ma mère n'a pas survécu à une attaque cardiaque...
La coïncidence que deux mères meurent en même temps aurait été énorme...
C'était donc la même...
La mienne...
Enfin... La nôtre !

J'ai dit beaucoup de mal des enterrements...
Et pourtant celui-là a remis en place toutes les pièces du puzzle que j'avais moi-même dispersées...
Car tous les acteurs du mélodrame étaient là...
Mon frère Alain...
Ma soeur Françoise
Moi (Gilles)
Toi, Antoine...
Ma sœur... Enfin ma demi-soeur...
Ta demi-tante...
L'ex-bébé...
Au fait, elle s'appelle Cristal...
Et notre mère...
Celle par qui tout est arrivé...
148

C'est elle qui a tout déclenché...
Sans le vouloir...
Bon, si tu remettais tout ça dans l'ordre ?
Je suis perdu, moi !
J'avoue que même moi j'ai pas tout saisi..
Je te préviens, tu vas avoir le temps...
Parce que moi je ne prends que les petites routes!
Bon alors voilà ce que j'ai pu reconstituer.
Notre mère perd son père...
Il avait 40 ans..
149

Plus tard, elle perd son mari, malade...
Il avait 40 ans aussi...
Une habitude dans la famille...
Et toi, papa, alors ? Ça va ?
Elle sait ce qui l'attend... Elle a vu sa mère en noir toute sa vie...
Alors elle s'habille en noir...
Comme le veut cette autre tradition familiale...
Mais une part d'elle-même refuse d'être enterrée vivante...
Cette part d'elle-même attire un homme de passage...
... qui tombe au bon moment...
150

Je ne sais rien de cet homme...
Sinon qu'il vient du Sud...
Autant dire un autre continent...
Et l'impensable se produit : elle tombe enceinte !
Nous, on n'a rien vu venir !!!
C'est vrai que pour la famille, c'était inacceptable...
Vos histoires, on se croirait au XIXe siècle !
Elle s'enfuit...
Avant que la faute ne soit visible...
Avec moi
Et rejoint le père dans le Sud...
Pour savoir que faire de l'enfant...
La décision du père est prise...
Il veut garder l'enfant...
Et la mère !

Commence alors pour elle une période étrange...
L'année 86...
Elle découvre la douceur méditerranéenne...
Puis le bonheur d'être à nouveau mère...
Une nouvelle vie inespérée...
... dans une maison de rêve !
Tout ce qui lui était interdit même d'imaginer ...
152

Mais ?! Et ses enfants ?!
Mamie les abandonne !!?
Elle nous envoie des cartes postales...
... pour nous dire qu'elle va revenir ...
Puis juste pour nous dire le temps qu'il fait... Puis on reçoit plus rien, parce qu'on n'est plus à la maison ...
Moi, je n'avais aucune envie de vivre dans la famille...
Alors, j'ai fait une école de travaux publics... Loin...
Le week-end, je dormais sur les chantiers avec les travailleurs portugais ...
Quoi ?!
À 14 ans, tu n'avais plus de foyer, plus de chez-toi !?
Mais je savais pas ça, moi !!!
153

C'est pour ça qu'après tu as Vendu des lotissements !!
Tiens oui! C'est vrai que toutes ces maisons, ça me rassurait.
Et toi, tatie Françoise ? Tu t'es mariée ?
J'ai cru que c'était la solution ...
Il m'a fallu toute une vie de bagarre et d'alcool pour m'en sortir...
Moi, j'ai jamais eu à vivre tout ça! Vous êtes des guerriers en fait...
Des héros !
Et pourquoi mamie, elle revient un jour ?
Je crois qu'elle s'est réveillée ...
Elle a compris ce qu'elle avait provoqué, en acceptant d'être heureuse...
L54

Sur un coup de tête, elle repart dans l'autre sens...
Toujours avec moi
La famille l'accueille sans poser de questions...
Elle remet ses habits noirs...
Et le couvercle se referme sur cette année hors norme...
1986
... qui devient définitivement taboue ...
Oui, mais cette fois, elle abandonne le bébé !!
C'est son drame... Quoi qu'elle fasse, elle provoque le malheur...
Maintenant celui de l'amant délaissé ...
Et celui de l'enfant sans mère...
155

Mais abandonner... Non...
Maman a toujours essayé de les revoir en cachette ...
Par exemple, chaque année, quand j'étais en colonie de vacances ...
Les Jolies colonies...
Elle a réussi à mener une double vie, en gardant les deux familles étanches ...
Et nous, on ne s'est jamais douté de rien...
Malgré tout, Cristal est devenue une jeune fille épanouie ...
... joyeuse et espiègle ...
Un autre homme, venu d'encore plus loin, l'a remarquée...
Il l'a épousée ...
Et l'a emmenée chez lui en Amérique !
156

Et puis, il y a peu de temps...
... son père décède ...
Elle est de retour...
Pour s'occuper de la vente de la maison ...
Et c'est comme ça qu'elle tombe sur nous !
Hello miss... My name is Gilles...
Je suis française...
C'est mon mari qui est américain...
Elle m'a reconnu tout de suite...
Notre mère lui avait interdit de me contacter...
Alors ? Ça vous rappelle quelque chose ?
Mais Cristal savait tout de moi ...
Gilles

Elle m'a même vu à la télé...
On devrait pouvoir heu...
Choisir le vestiaire des femmes...
Je crois qu'elle a bien rigolé...
Mais alors, c'était pas complètement un hasard si mamie est morte le jour où on a rencontré Cristal...
Peut-être pas...
Pour elle, tout était achevé...
Nos retrouvailles abolissaient sa "faute"...
Elle pouvait partir...
Et le petit Gilles dans tout ça ?
Bonne question !
158

Eh bien le petit Gilles, il n'a rien compris ...
... à rien !
Pourquoi partir un jour ?
?
Qui est ce monsieur ?
!!
C'est quoi cette maison ?
Et ce bébé qui débarque un jour ???
!?
Et au moment où le petit Gilles commence à se sentir bien dans ce pays...
!
... il faut repartir !!
?
Pourquoi ? Mystère encore !
159

Dans cette atmosphère de non-dits, le cerveau du petit Gilles…
?!
… met alors en place une stratégie radicale…
Il efface tout !
PLOP
À la poubelle, tous les premiers souvenirs !!
Plus tard, pour survivre dans un monde hostile, il découvre une autre arme, redoutable…
Mais toi, ta gueule de travers…
… l'humour !
… tu vas devoir la garder !
Désormais, il ne sera plus celui qu'on manipule…
… mais celui qu'on redoute !
Voilà comment à cette époque qui adore les tueurs …
… je suis devenu le roi du monde !!!
Gloire à l'humoriste !

Ça va, les chevilles ?
Je plaisante...
C'est fou comme cette année taboue a changé nos vies à tous les quatre...!
Sans oublier celle de notre mère...
En plus, elle n'a pas eu l'enterrement qu'elle voulait... Elle qui espérait ne pas rejoindre le sinistre empilement...
Mais je n'ai pas dit mon dernier mot, maman...

Et Voilà!
On est arrivés !!
Douze heures dans ta bagnole... Plus jamais!
Allô, Lucille ?!
On y est !!
Finalement, on a presque tout laissé là-bas...
On n'a emporté que l'essentiel !!
Ah! Je voulais te dire une chose importante...
Je t'aime...
Quoi! Mais non, je suis sérieux !! Je te...
Salut la famille !!!
162

Installez-vous...
Vous êtes chez vous...
Je ne vends plus...
Ce sera notre maison de vacances à tous...
No... Notre maison ?!
Wah ! Y a des super fêtes à faire ici !!
Mais Christelle... C'est trop pour nous ...
Cristal ...
Tu crois pas au contraire qu'on l'a bien mérité ?!
Allez ! Posez les bagages et choisissez vos chambres !
163

Je mets dans l'ordre?
Vous n'avez apporté que les albums de maman !!
Bonne idée... ! Tout est là ...
Presque.
Manquait ça...
1986
1984
1985
1986
1987
1988
1989
Alors? ça fait quel effet?
J'ai l'impression de réparer ma biographie ...
Et quelle chambre tu as choisie !?

164

Celle-là ? C'était ma chambre d'enfant...
Face à l'allée qui mène à la mer...
Mais toi tu savais tout... !?
Tu connaissais aussi la pièce cachée avec l'album photo... ?!
C'était mieux que tu trouves par toi-même...
Quoi ?!
Je vais voir mon frère et ma sœur ! Ils sont heureux comme des enfants...
Je les aime trop !
Salut, toi !
Alors... ? T'es content de toi ??
Assez, oui...
Papa !!?

Tu viens avec nous ? On va à la plage...
Heu... T'étais encore en train de parler tout seul, là ?!
Et c'est quoi ton paquet ?
Patience ! Je vais expliquer à tout le monde...
Ça y est ! Tu refais ton mystérieux...
?
?!
Wah ! La mer ...
Elle est juste à côté !!
166

Mes soeurs, frères et fils... j'ai quelque chose à vous avouer ...
Depuis l'école, j'ai toujours su imiter l'écriture de notre mère ...
Ça m'a permis d'obtenir l'exhumation et l'incinération.
Selon ses " dernières volontés "...
Je crois qu'elle aurait aimé être ici avec nous...
... enfin légère...
Je ne sais pas si c'est maman dans son envolée qui nous a soufflé l'idée...
Une idée si peu dans la tradition familiale...
Et qui m'a demandé d'oublier tout ce qui avait fait de moi un humoriste...
Mais nous l'avons fait !
Sans réfléchir ...

Et ça nous a fait un bien fou...
?
O.K., papa... Mais tu continues à faire des blagues...
Sinon BAM !!
TRONCHET

DU MÊME AUTEUR

HUMOUR

ÉDITIONS GLÉNAT
Raymond Calbuth, 8 tomes, *Prix de l'Humour, Angoulême 1993.*
Raoul Fulgurex, (avec Gelli), 3 tomes, *Prix de l'Humour, Angoulême 1990.*
Les Poissart, 5 tomes *prix de l'humour noir 98*

EDITIONS FLUIDE GLACIAL
Jean-Claude Tergal, 10 tomes, *Prix de l'Humour, Angoulême 1998.*
Welcome land, 2 tomes (avec Coutelis)
Deux Cons
Les Ducon et Ducon
Les catastrophobes

ÉDITIONS DUPUIS
Houppeland, *Prix de l'Humour noir 1998*

ÉDITIONS DELCOURT
Sacré Jésus 2 tomes
Toi et moi, 2 tomes
Petit traité de vélosophie
Footballeur du dimanche
Moi bébé, ma vie mon œuvre

ROMANS GRAPHIQUES

ÉDITIONS FUTUROPOLIS
La gueule du loup
Ca n'arrive qu'à moi
Vertiges de Quito
L'homme qui ne disait jamais non (avec Olivier Balez)
Le peuple des endormis (avec Frédéric Richaud)
La vie me fait peur (avec Christian Durieux)

ÉDITIONS DUPUIS
Là-bas,(avec Anne Sibran) *prix Uderzo 2005*
Ma vie en l'air, (avec Anne Sibran)
Le meilleur ami de l'homme (avec Nicoby)
Tête de gondole (avec Nicoby)
Le chanteur perdu

ÉDITIONS VENTS D'OUEST
Le quartier évanoui (avec Anne Sibran)

ÉDITIONS CASTERMAN
Le fils du yéti
Le monde du dessous (avec Anne Sibran)

ÉDITIONS GLÉNAT
Le nouveau Jean-Claude (avec Tripp)
Sortie de route
Les fantômes de Séville (Avec Jouvray)

ÉDITIONS DELCOURT
Robinsons père et fils

JEUNESSE

ÉDITIONS DUPUIS
Violine, 5 tomes (avec Tarrin et Krings)

ÉDITIONS CASTERMAN
Violine, 2e cycle : le 3e œil (avec Baron Brumaire)

ROMANS & RÉCITS

ÉDITIONS PLON
Petit Traité de vélosophie

ÉDITIONS « J'AI LU »
Football, mon amour

ÉDITIONS FLAMMARION
Le fils du yéti

ÉDITIONS FLAMMARION ET « J'AI LU »
Journal intime d'un bébé formidable
Ton père, ce héros
Nous deux moins toi, *petit précis de rupture amoureuse*

ÉDITIONS DE LA TABLE RONDE
Vertiges de Quito

ÉDITIONS LES ÉCHAPPÉS
L'univers à peu près, *petit imprécis de culture approximative*

ÉDITIONS ELYTIS
Robinsons, père et fils

EDITIONS LES PERÉGRINES
Petit éloge de la chanson française

EDITIONS LA FOSSE AUX OURS
Les fantômes de Séville

SCÈNE & CINÉMA

Le Nouveau Jean-Claude (film), PATHÉ DISTRIBUTION

Jean-Claude Tergal sur scène, ÉDITIONS FLUIDE GLACIAL

www.tronchet.com

DANS LA MÊME COLLECTION

MAQUETTE Philippe Ghielmetti

Dépôt légal : mars 2023 – D. 2023/0089/185
ISBN 979-1-0347-6228-6

Éditions Dupuis s.a, 52 rue Destrée, 6001 Marcinelle, Belgique.
Imprimé par Delabie, ZI La Martinoire, bd de l'Eurozone 9,
7700 Mouscron, Belgique.
Achevé d'imprimer en février 2023.